隨意鳥日子

BIRD ERA 鳥時代 著

推薦文

乾枯心靈的療癒極品

陳仲君（台灣角色品牌授權協會榮譽理事長／發起人）

一直以來都很喜歡ErA所繪製的鳥作品，她用小朋友都可以輕鬆看懂的方式，傳達各種不同鳥類的正確介紹。ErA的作品非常有渲染力，在一場IP自我介紹會議中，我看到一大群國外買家因為ErA的理念以及滿滿療癒向的作品而感動。儘管ErA一上台就全身發抖冒冷汗，但她用每一幅溫暖的作品代替商業語言，直接抵達了買家的心。

今天看到ErA終於出書，不禁在內心直喊：「終於等到了！」

無論是商業導向或是教育導向，我都強力推薦ErA這本《隨意鳥日子》，肯定能讓讀者在繁忙的日子中，療癒一下乾枯的心靈。

推薦文

從起床到晚安，學學鳥兒的生活哲學

蘇益賢（臨床心理師／初色心理治療所副所長）

與其他生物相比，人類的大腦大了許多。優異的思考能力讓我們可以鑑往知來，從過去的錯誤記取教訓，替未來的日子未雨綢繆。但這種太聰明的能力，卻也使我們多了一些其他生物少有的煩惱。像是對無法修改的過去感到懊悔，又或者是對未來的不可知而擔憂。

時常，我們困在這聰明的大腦裡，做出各種不聰明的舉動，像是因為心情鬱卒而喝悶酒；因煩悶而沈迷手機；因壓力山大而衝動購物等等……

這時，我們不妨轉個視角，看看其他生物，在大腦沒有這麼「聰明」的狀況下是如何生活的。事實上，生物展現出許多更本能、自然的行為，時常是我們人類可以借鏡的。

好比，牠們用「活在當下」提醒了我們，唯一能把握的只有現在。在與我們共處時，他們也示範了「高品質」陪伴的重點，是持續的臨在（presence）與滿滿的真心。

在《隨意鳥日子》這本書裡，ErA以她在鳥兒身邊的第一線觀察，帶著我們從起床到晚安，向鳥兒學習人類也適用的生活哲學。我讀後收穫滿滿，也歡迎你一起來偷學幾招。

推薦文

充滿魅力的萌鳥世界

蘇微希（台灣動漫畫推廣協會理事長）

從ErA還是同人創作者時我就是她的鐵粉。身為主辦單位成員，為了不驚擾她，每次都特別脫下工作服，喬裝成路人去買她的作品順便告白（咦？）。

可愛鳥兒很多人畫，但ErA家的鳥兒特別古靈精怪。因為花大量時間精力去了解鳥類骨架、肌理結構，她筆下的鳥寶貝擁有自然靈活的肢體動作，以及生動擬人的表情變化。

能同時駕馭寫實與Q萌兩種對比風格，讓ErA游刃有餘的斜槓於漫畫家、插畫家與圖文作家等多重身分。她所設計的鳥系列周邊，曾創下群募網站一週內募款達標、達成率198%的驚人紀錄——ErA的萌鳥世界，就是這麼充滿能量與魅力。

這次ErA的新書《隨意鳥日子》，挑戰結合連環漫畫文法與圖文插畫格式，在繪本的敘事節奏中融入連環漫畫特有的時間感，時而浮於雲端、時而優游大地，以療癒的圖文帶領讀者體驗新穎且充滿驚喜的閱讀時光。

想在緊迫盯人的生活中喘口氣嗎？歡迎進入《隨意鳥日子》的奇妙世界！

推薦文

資深鳥奴齊聲推薦

作者對鳥類姿態細膩的描繪與貼近真實生活的觀察，讓人翻開第一頁就想繼續看到最後，盡情沉浸在書頁中可愛的小劇場裡！而幕間小知識傳遞的訊息，搭配活潑的插畫，更帶來大大的驚喜。

這本書觸動鳥類飼主們內心最深層的情感，對我而言，是一場最美好的相遇。

——有鳥事發生 Bird things

和鳥寶在一起的每一天，都像故事一樣美好，儘管其中有歡笑、有淚水，只要有鳥寶在身邊，就是最幸福的事。

作者ErA將與鳥寶生活的點點滴滴及鳥類小知識，透過可愛又帶點夢幻的圖文緩緩帶出，描繪一個無論是否為鳥奴都會喜愛的暖心故事。

——鳥人鳥事多

超～～可愛的寵物鳥知識書，讓身為鳥奴的我，看完差點被萌死在書本前。比起一般百科，這本書更生動有趣，無論是作為漫畫閱讀，或作為知識獲取，都很值得推薦，尤其是推薦給同樣身為鳥奴的你！

——鳥妹愛嘰喳

禽鳥專精的ErA把鳥兒畫得真實又可愛，看著這些每日你我都會遭遇的鳥事，ErA讓它變成療癒又歡樂的「鳥日子」了~:D

有最最最可愛的小鳥精，一起努力一起失意，還要一起辦趴踢……那些和鳥兒相處勉勵的生活金句，不只鳥奴，也是你我都需要的療癒與激勵～

——啾寶Say 啪啾～

愛飛禽類的波娘，看了這本書好有感覺！愛鳥人和家中鳥寶的居家生活日常，可愛生動的圖文內容讓人放鬆心靈，完全被療癒，還有好多鳥類小百科能夠更認識鳥寶，推薦給熱愛動物的你。

——綠野香波與貓朋友的生活日記

自序

讓小鳥飛進大家心裡

從小我對鳥類就有一股自己也摸不清的感情在，從有記憶開始，比起常見的野狗野貓，我的目光更常追逐生活周遭的小鳥身影。長大後經歷了一些科學難以解釋的因緣際會，才知道自己與鳥類有著靈魂層級的緣份在。

唸大學時，同學家飼養的玄鳳鸚鵡生了一窩小鳥，知道我喜歡鳥便送兩隻幼鳥給我養。那是二〇〇六年一月中，接近農曆過年時，懶得想名字的我，乾脆直接幫牠們取了非常喜氣的名字——招財與進寶。招財在領養的兩年後因病去世，進寶則是一直陪伴我到今天。而這本書出版時的二〇二一年，進寶滿十五歲了！以寵物玄鳳鸚鵡平均壽命二十至二十五年來看，進寶還只是個青壯年的大叔而已呢！

在進寶陪伴我的這十五年裡，進寶帶給我的最大影響，是讓我從一個只對自己的鸚鵡耍花痴的飼主，轉變為在意野鳥保育的人。主要是某次在網路搜尋飼養鸚鵡的要點時，發現到自己喜歡的鸚鵡品種，在原產地居然是瀕危物種！此後我不僅單純喜歡可愛小動物，也開始會在意生態保育的問題，正是所謂「愛屋及鳥」啊！

開始在意野鳥保育後，一直思考自己能否為這個圈子做點什麼？想到自己是個畫圖的人，那畫筆就是我的利器吧。於是我從二〇一五年開始為鳥會畫一些募資義賣品，為猛禽學會募集研究基金。只要是公益性質的鳥類繪圖需求，有空我就會畫。但之後幾年，我覺得野鳥圈好像不再找我畫鳥圖了。直到和彰化鳥會的總幹事閒聊後才知道，原來野鳥圈的人覺得我的鳥圖太過可愛，擔心民眾被可愛鳥圖影響，反而去抓野鳥來私養。自己勤練出來的畫風，居然成為揮灑我熱血的最大阻礙，聽到的當下真的大為震驚！但我又想，總不能因為這千分之一機率才會出現的惡意野鳥誘拐犯，就放棄去影響其他千位心態健康的鳥粉絲吧。要怎麼做呢？不如就講一下自己被進寶影響成為動保人士的過程好了。先來畫個可愛又親人的寵物鳥吸引讀者，讓小鳥飛進人們心裡並喜歡上鳥類，再同時把生態保育的推廣作品放在一起曝光。這樣一直做下去，相信總會有讀者和我一樣受到影響並開始愛屋及鳥吧！

我很喜歡《格林童話》中〈老鞋匠與小精靈〉這篇故事。故事裡的小精靈用小小的身體使用人類大工具的姿態令我著迷，所以我常想像小鳥也像小精靈那樣在人類世界玩耍，再加上自己過去的一些生活經驗，這本《隨意鳥日子》就這樣誕生了！

感謝翻閱及購買這本作品的您，以及給我出版機會的遠流出版公司。是您的支持使我有動力繼續畫下去。謝謝，謝謝。

目錄

鳥時代是…？

時間來到了鳥時代，小鳥精們神祕的從魔法中誕生了！

他們的身體尺寸雖然平均只有一顆草莓大，但習性與食性則和現實中的鳥兒一樣。唯一不同的是，小鳥精們似乎聽得懂人類的語言？

角色介紹

可卡

玄鳳鸚鵡小鳥精。喜歡待在雅婷身邊。

雅婷

26歲的粉領族。喜歡料理及追劇，但是工作總是太忙，沒時間自己煮飯。

笛仔

綠繡眼小鳥精。體態輕盈的體操高手！

麻糬

文鳥小鳥精。有著驚人的氣勢，是家裡唯一不會搞破壞的小鳥。

翁翁

白頭翁小鳥精。喜歡與同伴在早晨及黃昏時一起唱歌。

芒果

愛情鸚鵡小鳥精。常常帶頭惡作劇，家裡的頭號破壞狂。

啾啾

麻雀小鳥精。愛吃鬼一枚，時常不小心吃到變成一顆雀球。

阿蒼

鳳頭蒼鷹小鳥精。身為猛禽的牠是怎麼跟可卡成為朋友的呢？

一日之計
從伸懶腰開始

伸左腿，伸右腿，雙手舉高伸懶腰。

可卡每天醒來的第一件事，就是飛去雅婷的房間道早安。

今天是假日，雅婷不用上班，可卡很期待能和雅婷膩在一起一整天！不過雅婷醒來時常常跳過早餐繼續睡回籠覺，可卡雖然可以飛回窩裡享用雅婷為小鳥精們準備的乾糧，但他還是想和雅婷、芒果、麻糬一起吃早餐。

平常上班日的早上，雅婷總是匆匆忙忙出門，飯都沒辦法好好吃，趁著這難得悠閒的早晨，可卡想要好好把握！

早安！
與家人輕輕的問候，
迴盪在心裡深深的
祝福～～

早起做早操，
一天精神好！

素顏的清爽自在。

此刻打盹，
你將作夢；
呼哈……
忽然有點想回去
睡回籠覺了……

好啦好啦！肚子餓了嗎？來準備早餐吧！
此刻起身，你將圓夢！

幕間小知識

玄鳳鸚鵡（原產地：澳洲）

修長的身材讓牠擁有「鸚鵡界的貴公子」美稱，也因為是廣受世界歡迎的寵物鳥種，培育出了各式各樣的羽色。

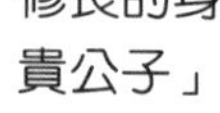

華麗的頭冠，是玄鳳鸚鵡所屬的鳳頭鸚鵡科最大的特徵，在受到驚嚇或警戒四周環境時會翹起來。請溫柔的對待個性纖細的牠們唷！

玄鳳鸚鵡雖然可愛，但對養鳥的新手來說有些難度，在飼養之前請一定要做足功課！

幕間小劇場

剛被收養時的可卡，是隻羽毛還沒長好的幼鳥，要等半個月羽毛才會長齊。

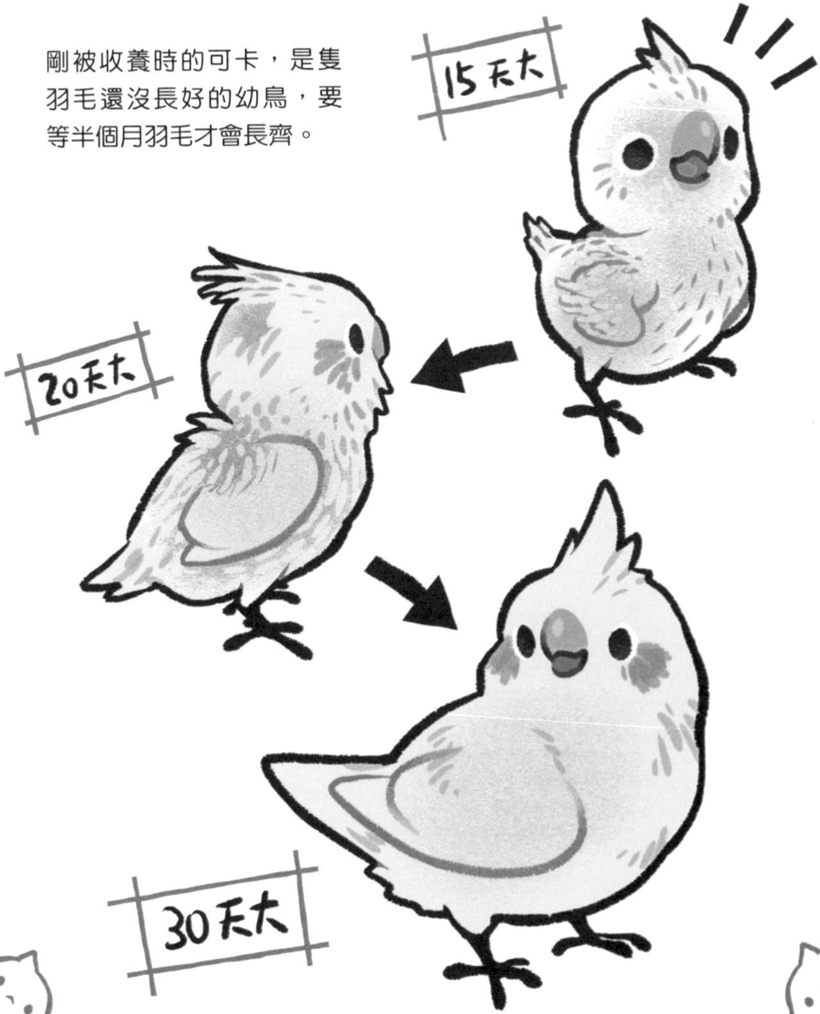

早餐就吃
滿滿一碗蔬菜！

「卡嗞、卡嗞……」可卡大口大口享受辣椒鮮甜的滋味，一旁的芒果與麻糬正盤算著要從哪裡開始大快朵頤。

雅婷只要工作一忙，就常常買外食吃，自己也只能夠吃乾糧而已。這可不行！可卡知道只要黏著雅婷討鮮食，買了生鮮蔬果的雅婷也會順便烹煮給自己吃的那一份，這樣才是雙贏吧！

想到這裡，可卡真是佩服自己的好點子，嘴裡的辣椒似乎又更甜了。

有福同享……

有雞同當！

每天多喝水。

啊！這不是給你們洗澡的……
算了。

分工合作，省時省力。

幕間小知識

愛情鸚鵡（原產地：非洲）

個性率直的愛情鸚鵡愛恨分明，喜歡上一個人或鳥時，濃情蜜意黏緊緊，討厭一個人時更是攻擊力十足！身材嬌小的牠們卻是破壞力驚人的破壞狂，需要準備許多啃咬品給牠們磨磨嘴。

文鳥（原產地：印尼）

文鳥有個Q彈麻糬般的肚肚，看似溫和安靜，卻是掌中小暴龍！鬥志高昂的牠們殺傷力其實不高，容易因越級打架而受傷。文鳥特別喜歡玩水，不管天冷或天熱都要洗澡，冬天時千萬要注意保暖哦！

幕間小劇場

三隻小鳥精睡在同一個窩裡，只是可
卡會早起找主人撒嬌。

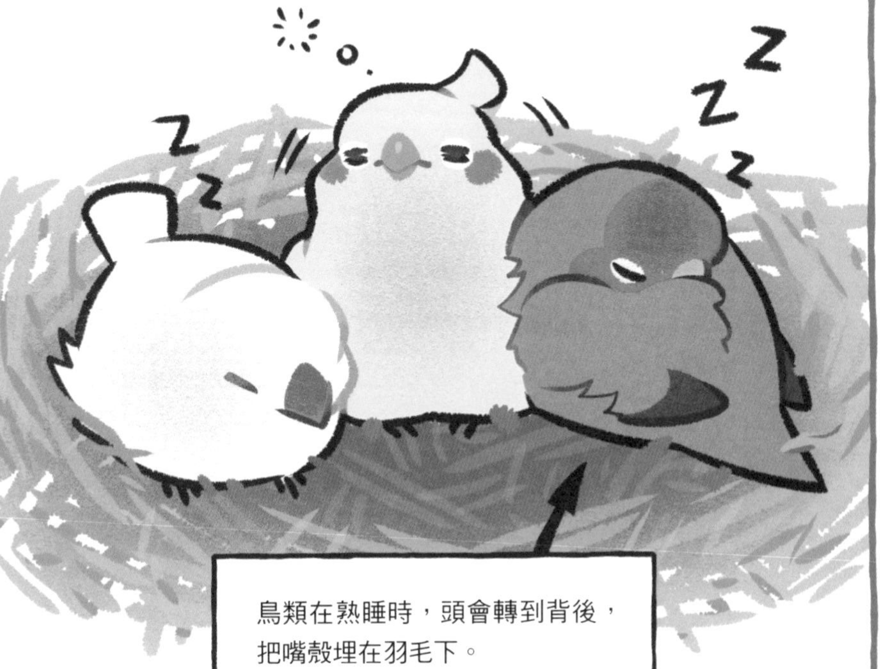
鳥類在熟睡時，頭會轉到背後，
把嘴殼埋在羽毛下。

一杯茶，一杯咖啡，
開始悠閒的一天

假日吃完早餐後的閱讀時間，是可卡最喜歡的時光！雅婷會坐在桌前閱讀她喜歡的書，哪裡都不去。可卡最喜歡待在雅婷身邊，和芒果還有麻糬玩在一起。

可是當雅婷看書看得太入迷，難得的假日，可卡還是會覺得有點寂寞。可卡回憶起，只要去做某些事，雅婷就會放下手邊的書一起來玩。決定了！和芒果還有麻糬一起去做那些事吧！

雅婷看著牠們的玩耍實在好氣又好笑，但真是太可愛了。原諒啦，哪次不原諒的？也差不多要到吃午飯的時間了，等等出門去買食材吧！

每天讀點書。

!?
啊啊！你們這群小壞蛋！

換看這個你們就咬不下去了吧？

路不轉，我轉。
喂！這可不是
溜滑梯呀！

真是的，去別的地方玩！

誒！那不是盪鞦韆啊！
活在當下，
及時行樂。

衝動是永遠吃不完
的後悔藥。

一起來學做瑜伽！

瑜伽後來個有氧運動。

豐收靠勞動，強身靠運動。

你們餓了嗎？來去買午餐要煮的東西吧！

幕間小知識

鳥的胸肌十分厚實，約占牠體重的五分之一，因此小鳥精的拍擊非常有力！

我不是購物狂，
我是在振興經濟！

「大家，各就各位！」雅婷一聲令下，可卡率先鑽入雅婷胸口衣領，芒果及麻糬各自鑽入丸子髮髻及手提袋裡，並探出頭來。現在要出門啦！可卡喜歡假日的購物行程，可以在外面玩比較久，不然平常日的購物就算跟著雅婷出門，她也只是趕火車似的買些生活必需品急著回家。

到了超市，芒果想到要跟雅婷玩什麼遊戲了，這個項目他可是專家呢！但雅婷也不是省油的燈，這群小鳥傢伙的可愛身影，她每分每秒都不會放過的。

採買完畢，不管是眼福或物欲都滿足了，雅婷在回家的路上，總覺得好像有個視線在盯著自己。

有一種選擇叫「放棄」；
放棄「選擇」這件事。

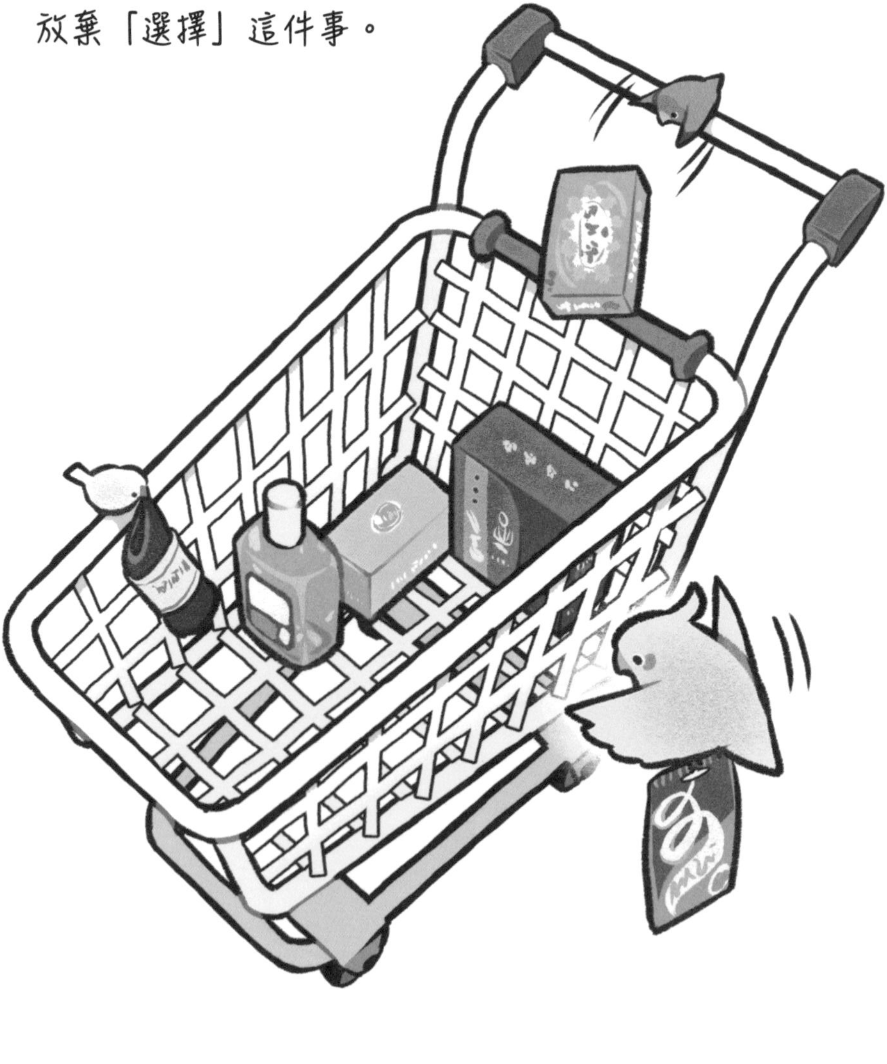

咦？
可卡～
芒果～
麻糬～
你們在哪裡？

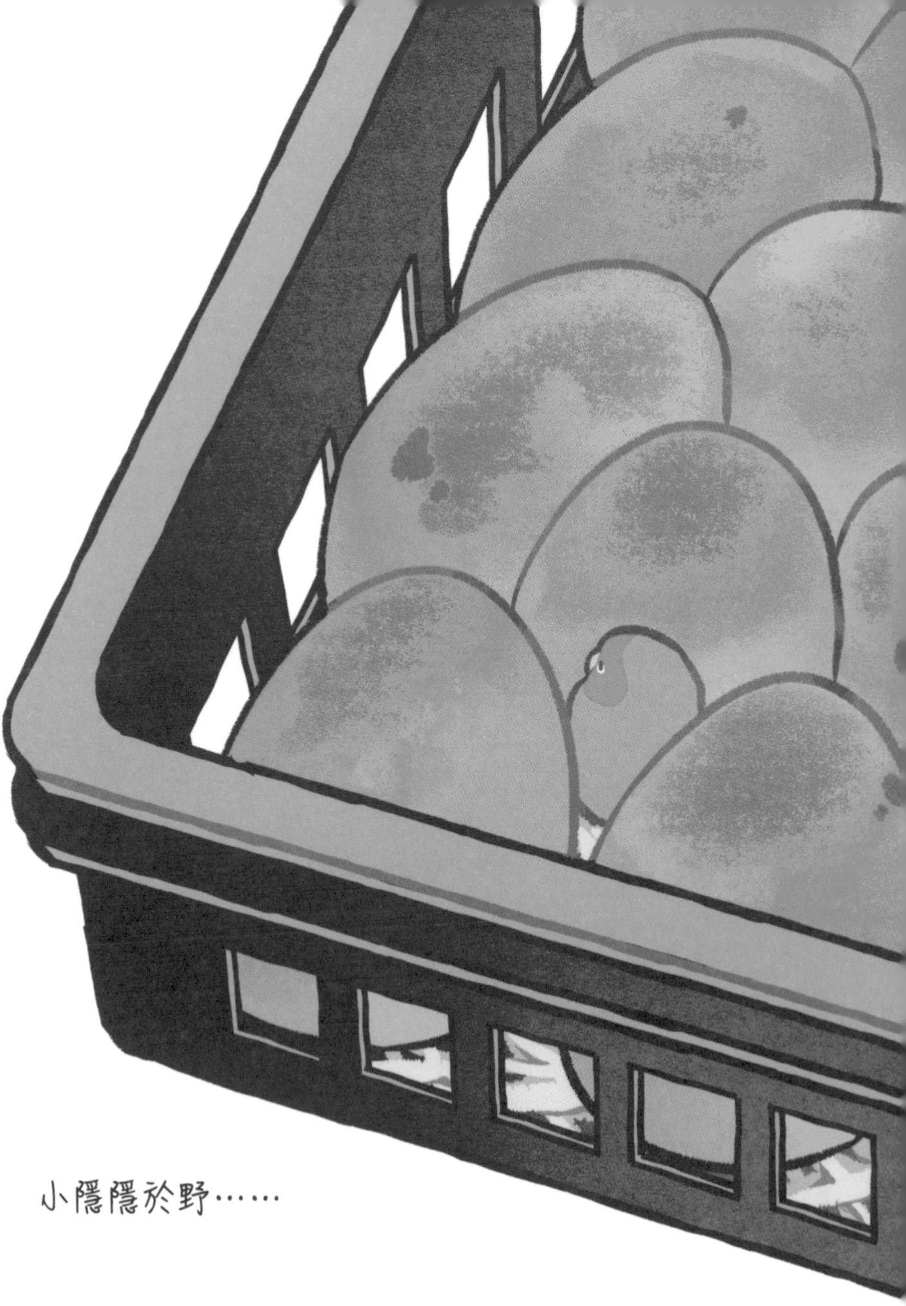

小隱隱於野……

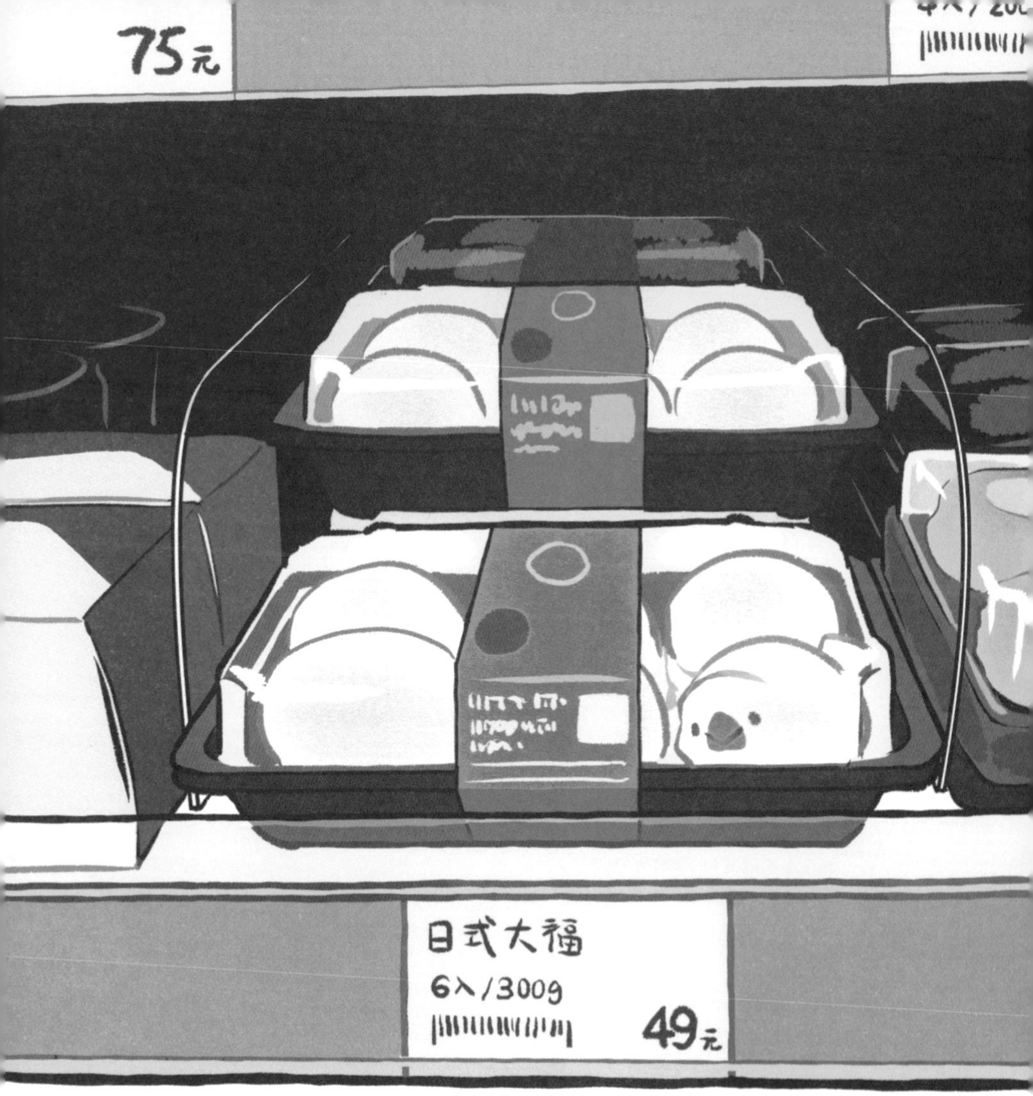

……大隱隱於市。

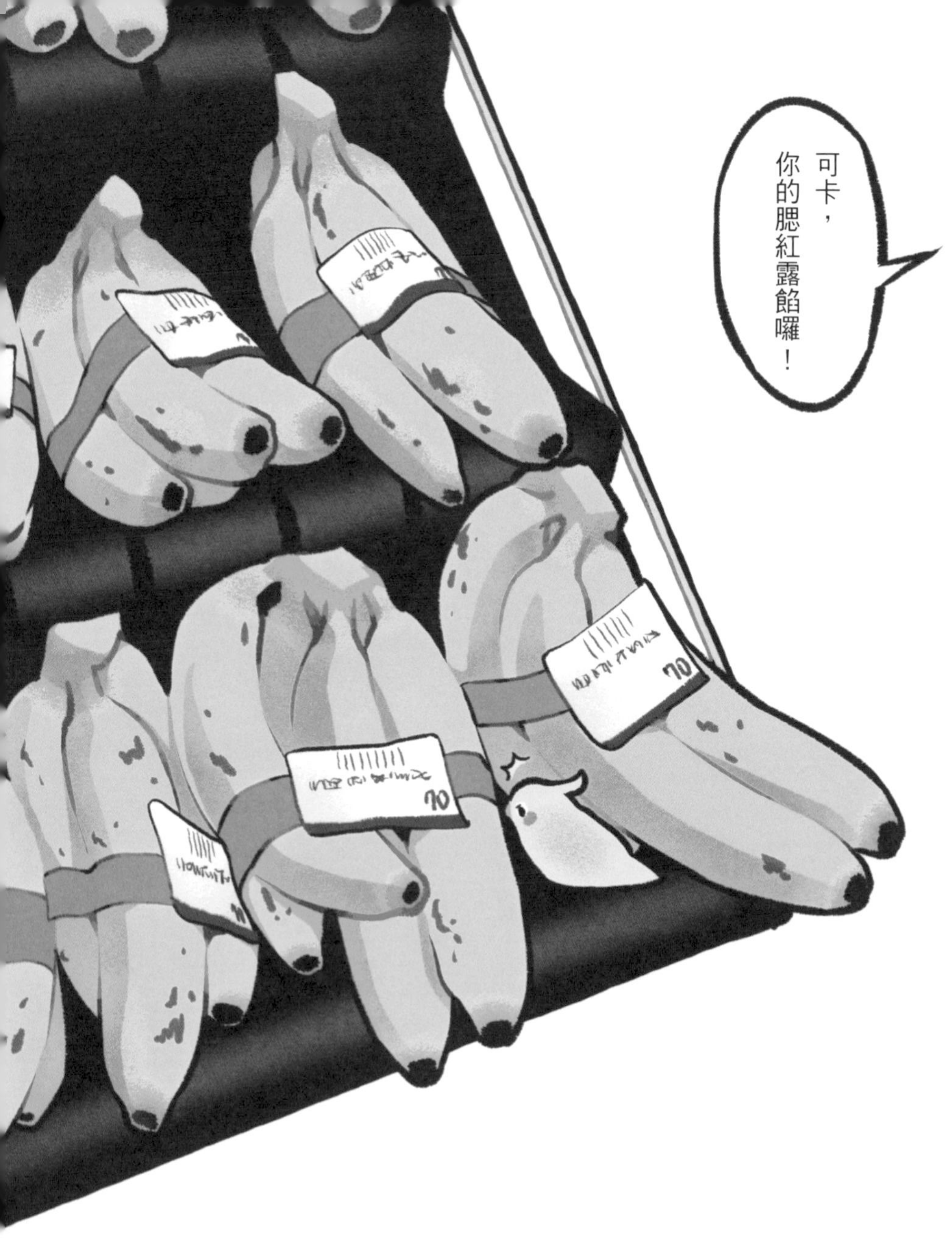
可卡，你的腮紅露餡囉！

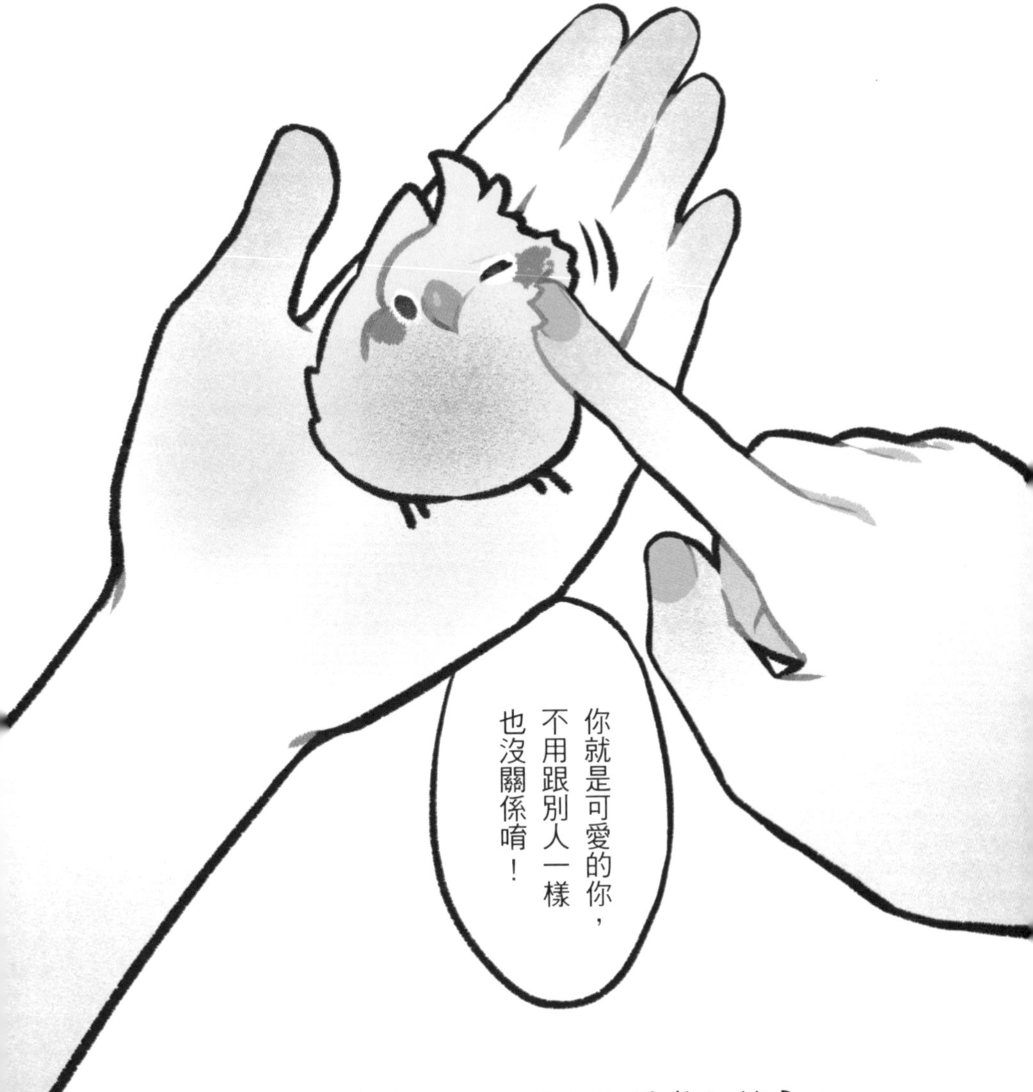

去做你自己吧，別人已經有人做了！

大豐收大豐收！我們回家吧！

幕間小知識

鳥類的羽毛顏色分為結構色與色素色。

結構色是指在光線下以不同角度翻轉，會呈現出金屬色的變化；而色素色則不會變色。

例如鴿子的脖子常呈現出由綠轉紫的金屬色變化，即為結構色。

取悅自己，
從好好吃飯開始！

「誒～說了好多次，你們不可以跟我進來廚房啦！」雅婷指著廚房裡的各種刀具及火爐，對著三隻小鳥說。

「不過我有準備這個給你們哦！」雅婷拿出玩具廚房放在桌上，三隻小鳥精開心擺弄起裡面的器具。

切菜、洗菜、下鍋、開火、翻鍋拌炒、下調味料，揮舞鏟匙的滋滋聲，伴隨肚子的咕咕叫，演奏出一場即將滿足人生大事的交響樂！麻糬及芒果模仿雅婷的動作翻炒鍋子，可卡手腳比較不靈活，負責打雜及吃飯。

「我們開動了！」有別於上班日為了增加午睡時間趕吃中飯，今天休假就不用這麼急，細嚼慢嚥的品嘗食物滋味後，什麼事都不幹，直接躺在沙發上。

雅婷心想，人生最高級的享受不過如此吧。

去別的地方玩，大人的廚房對你們來說很危險的！

學習最好的方法，
就是模仿！

多攝取原型食物。

日子過得再忙，也不要忘了替生活調味。

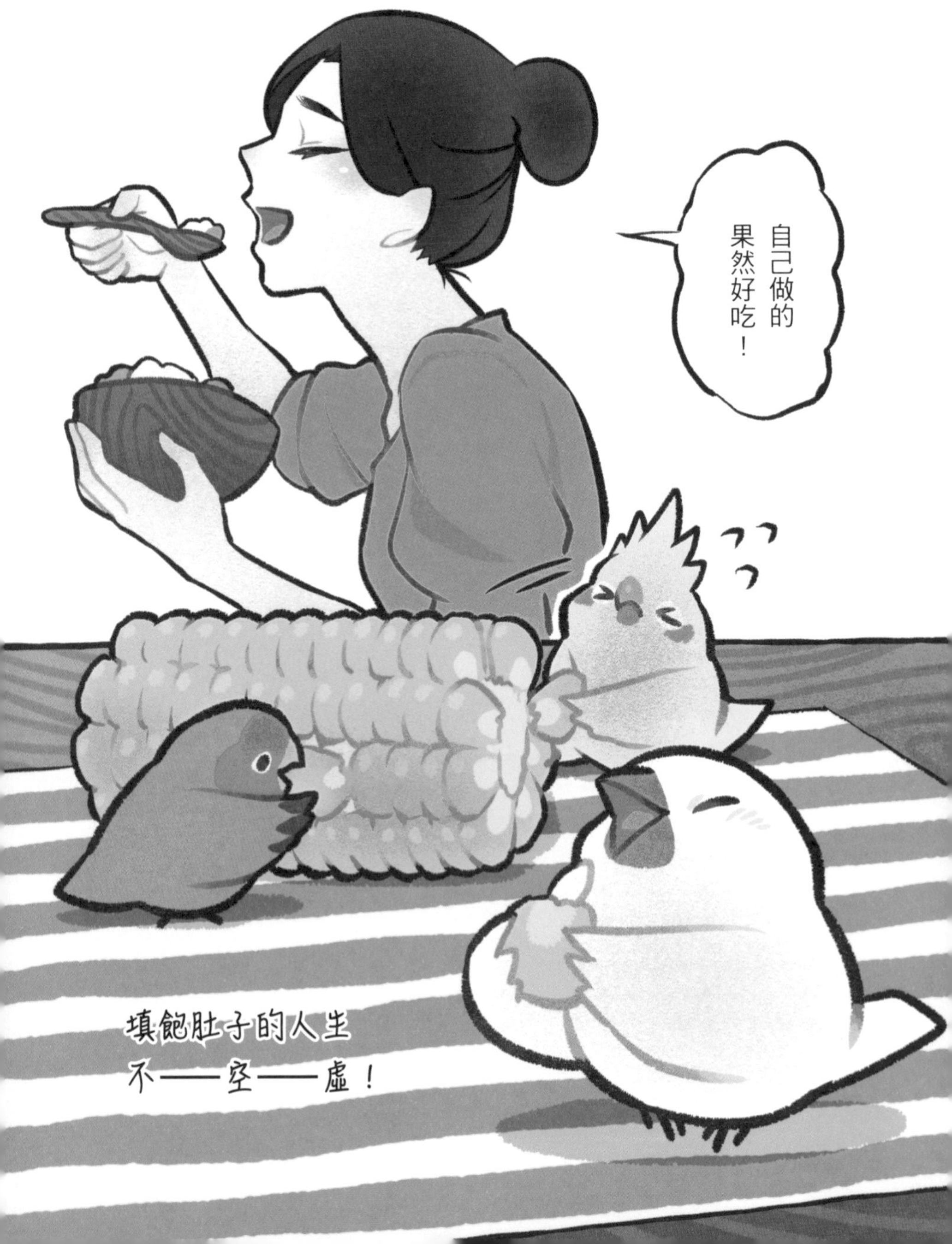
自己做的果然好吃！
填飽肚子的人生
不——空——虛！

啊～～
吃飽滿足了，
再來要幹嘛呢？

想睡就睡，
最幸福了！

幕間小知識

嗉囊

小鳥吃下的食物會先儲存在脖子的嗉囊裡。牠們看起來鼓鼓的胸口其實是脖子，真正的胸在更下面一點。

耍廢才不是浪費時間，是充電時間！

「嗶——嗶——嗶——」手機有訊息通知，雅婷慵懶的拿起來查看，看完便將手機摔回沙發上。假日的休息充電，是為了更有精神去面對隔天的工作挑戰，才不是閒閒沒事等人交待工作呢！

雖然才剛吃飽，總覺得還少了點什麼……啊！休閒食品不正是為了這個時候而製造出來的嗎？才剛拆開餅乾袋的包裝，三隻小鳥傢伙馬上黏過來。就說你們小鳥精不能吃人類的零食啦！

雅婷想到下午和朋友約在家裡喝下午茶，時間快到了，得整理一下儀容才行，希望這三隻小鳥傢伙別再搗蛋啦！

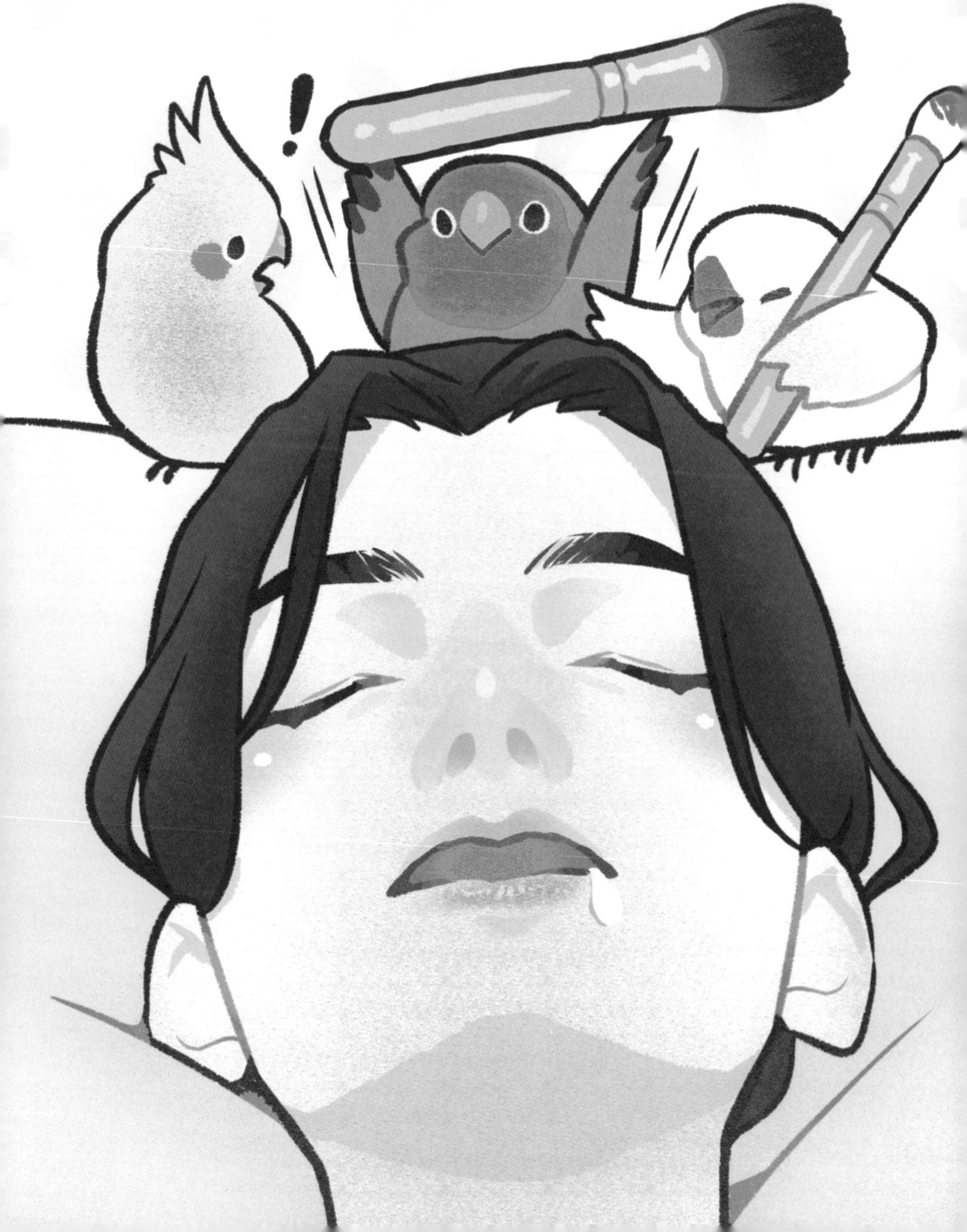

Bi Bi Bi Bi Bi
14:21

主管
雅婷，老闆明天要跟客戶提案，你那邊有時間幫我修一些簡報要用的圖嗎？能修多少我就拿多少
要回我哦
假日的灰姑娘
不用變身上班。

這個你們不能吃啦！
Bird's

偶爾放縱一下
自己……
met

要跟客戶提案，
你那邊有時間幫
我修一些簡報要
用的圖嗎？能修
多少我就拿多少
要回我哦
哈囉～有空嗎？
拜託啦～～～
Bi Bi Bi
上不去的薪水……

下不去的體重！

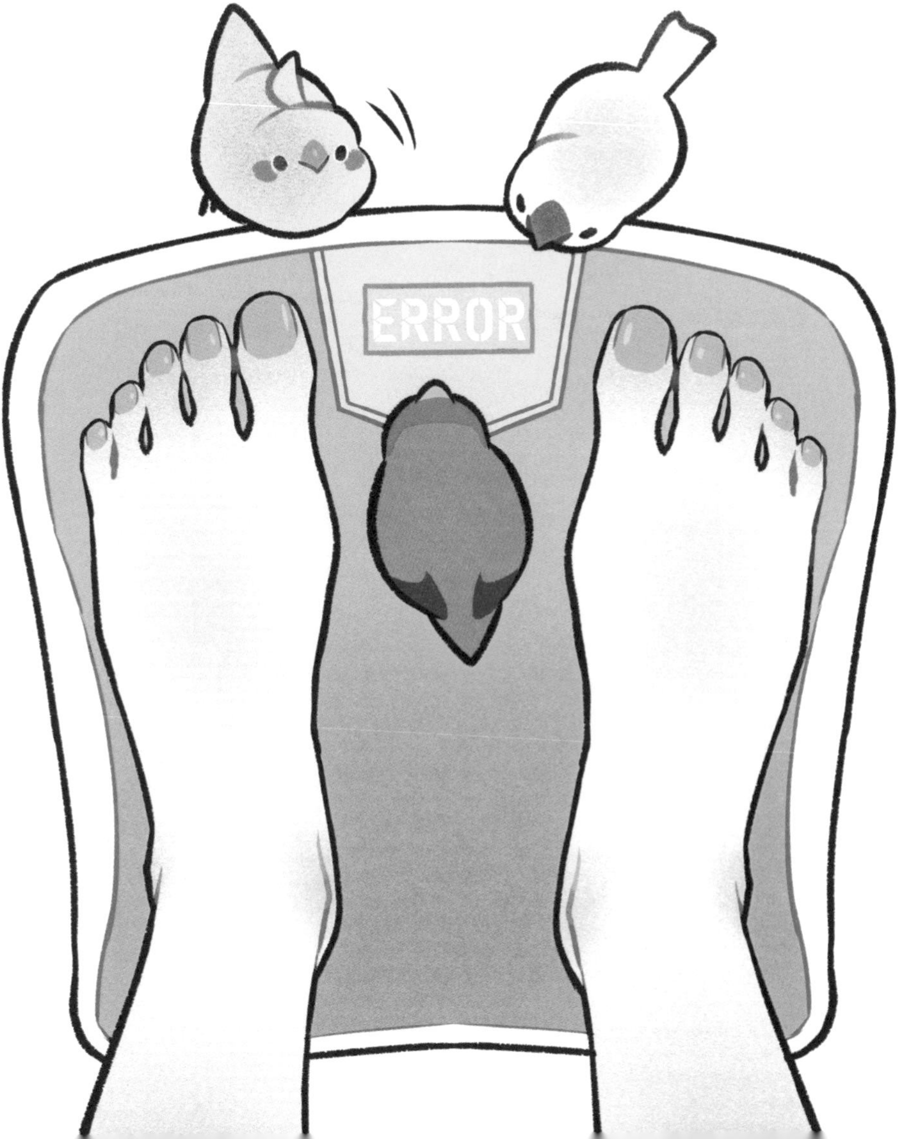

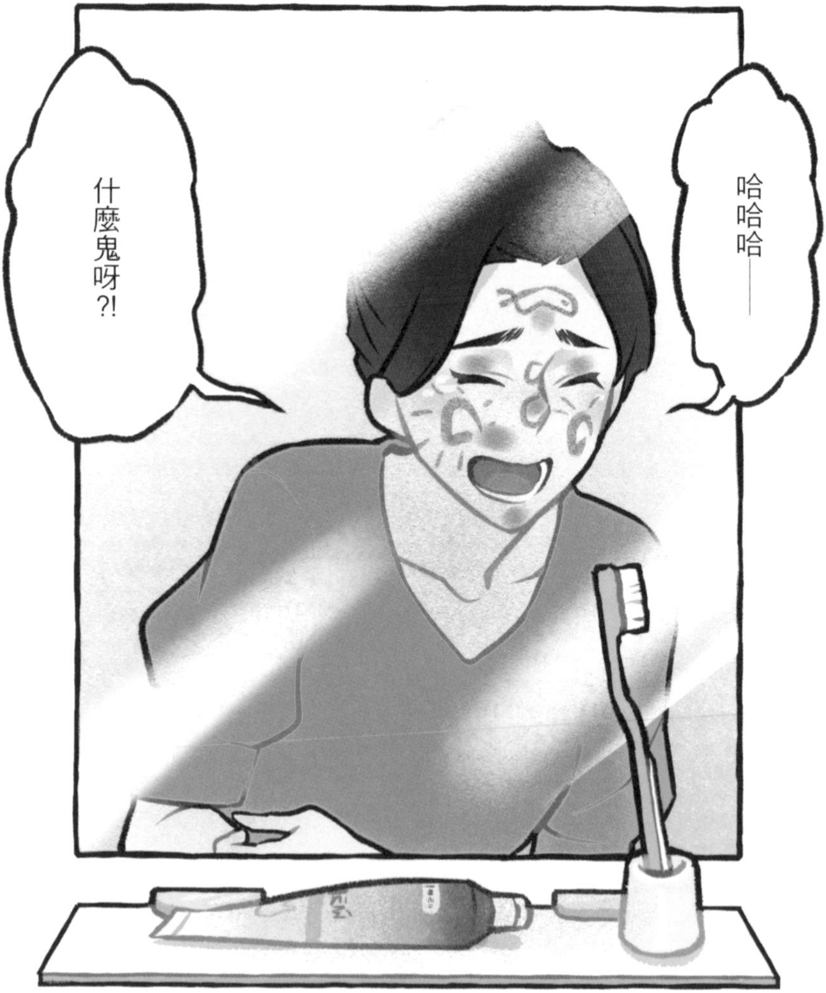

發現不同的自己。

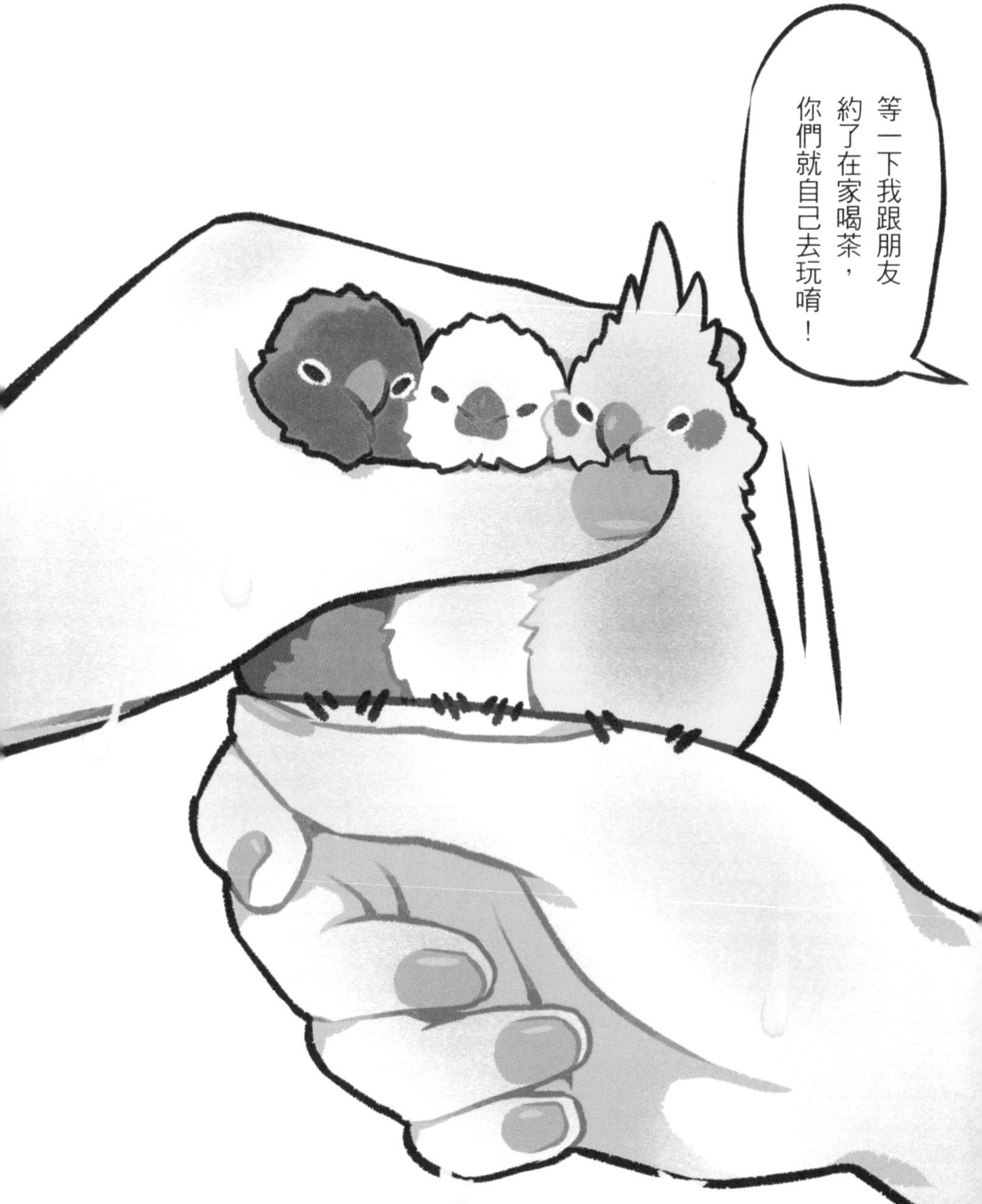
等一下我跟朋友約了在家喝茶，你們就自己去玩唷！

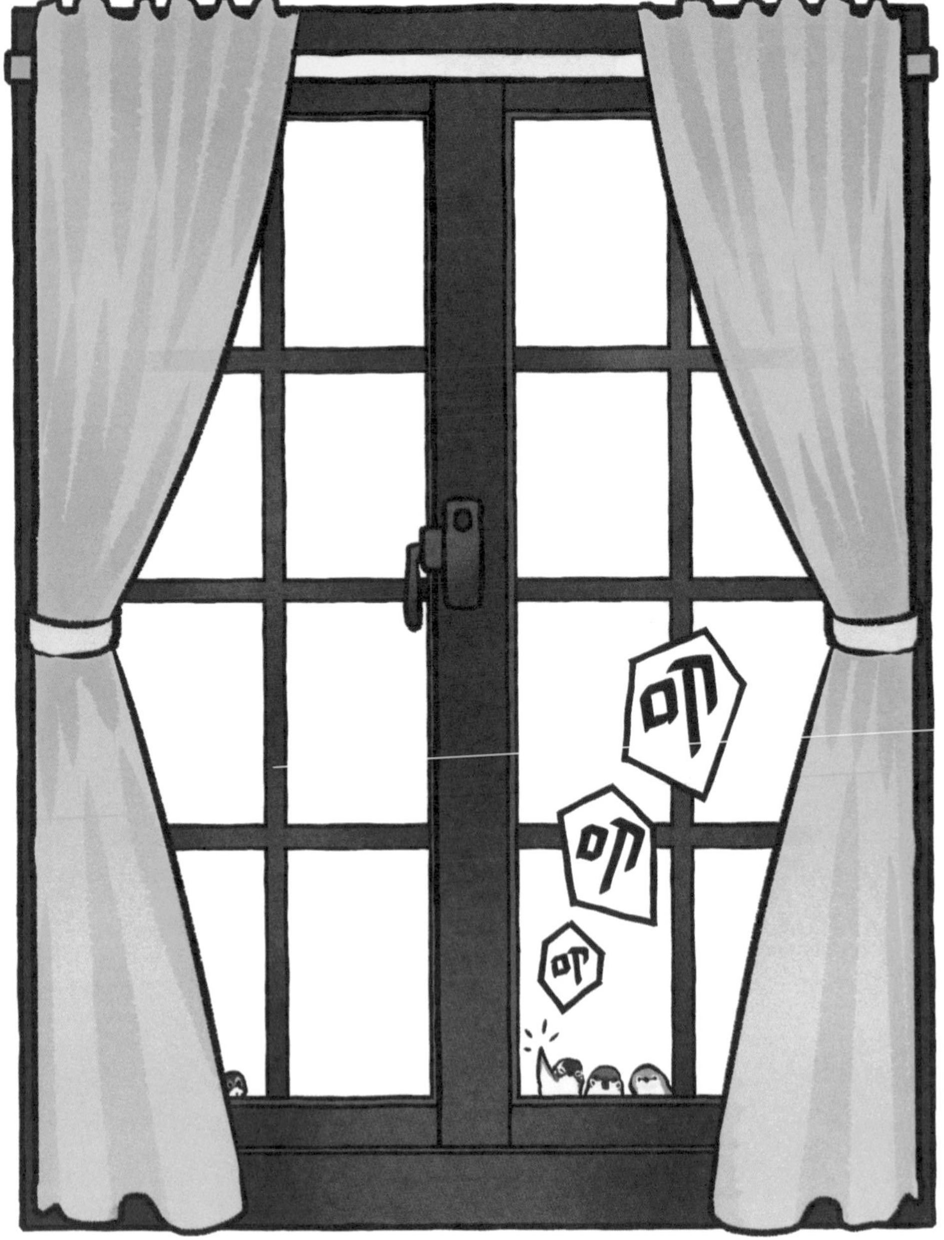
叩
叩
叩

幕間小知識

鳥界裡絕大多數是公鳥毛色比母鳥豐富亮眼，只有極少數的鳥是母鳥顏色比公鳥豐富。

例如台灣近危留鳥彩鷸，母鳥的體型比公鳥大一些，且毛色也較公鳥更為鮮豔亮麗。

有朋自遠方來，不亦樂乎

忙碌的上班生活中，周圍來往的多半是同事。但朋友和同事好像有點不同，能談心不牽扯到工作的對象，是同事無法取代的呢！

正在與朋友享用下午茶的雅婷，聽見「叩叩叩」的敲門聲。嗯？是誰啊？雅婷尋著聲音的方向，看見窗戶下有幾隻小鳥精在敲窗戶。

一打開窗戶，原來是可卡的野生小鳥精朋友們——笛仔、翁翁、啾啾與阿蒼。他們是哪時和可卡約來玩的呀？不過雅婷喜歡小鳥精的可愛模樣，心裡非常歡迎他們呢！

大方表現自己，
閃亮登場！

為朋友喝采吧！

嗯？
我記得你也是
可卡的朋友，
怎麼不進來
一起玩呢？

懂自己的朋友不用多，
有幾個就足夠了！

陪你哭過的那幾個，這輩子都會永遠記得。

跟著直覺走，
因為我不可能取悅所有人。

5-1

幕間小知識

都市三俠

麻雀、白頭翁與綠繡眼被賞鳥人士們暱稱為「都市三俠」。已經適應車水馬龍都市環境的牠們，是台灣最容易見到的三種野鳥。漫步在公園時，不妨尋找一下牠們的身影吧！

幕間小知識

鳳頭蒼鷹

鳳頭蒼鷹是台灣唯一能夠全年在都會區內觀察到的日行性猛禽。母鳥的體型比公鳥大，其中公鳥最明顯的特徵是在尾羽下方有很大一包白色覆羽，也因此被賞鳥人士們暱稱為「尿布鷹」。

落日餘暉，夜幕低垂，貓頭鷹振翅高飛

雅婷煮了湯麵當晚餐，熱湯麵冒出的白白霧氣圍繞在飛舞中的小鳥精身旁。小鳥精們正吱吱喳喳的進行黃昏大合唱。野鳥們本來傍晚要離開，但雅婷不想放過欣賞他們可愛身影的機會，於是請他們留下來吃晚餐。

小鳥們聚在一起互相餵食與啄食，這種生物感實在太可愛了，旁觀的雅婷禁不住合掌感謝上天。

歡樂的時光總是過得特別快，雅婷和笛仔、翁翁、啾啾與阿蒼說再見，她看著桌上的文件，心想該整理一下明天上班要交的報告了。「唔⋯⋯好傷腦⋯⋯」修改報告不順利，雅婷決定洗澡轉換心情。

可卡看見雅婷很煩惱，和芒果及麻糬約好一起飛進浴室替雅婷打氣。雖然小小的鳥手幫不上什麼忙，但加油打氣絕對沒問題！

唉……你們小鳥精真好，吃胖了也很可愛。
不要低頭嘆氣，因為雙下巴會跑出來！

太貪心會什麼都抓不住。

分享能以物換銘心。

分享的快樂
是加倍的快樂。

啊，不好意思沒有準備你的食物耶，沒關係嗎？

忍耐所灌溉出的
果實是甘甜的。

咦？你們要回去了嗎？

離別是為了下一次
更美好的重逢。

已經這個時間了，來修一下明天會議要提的報告吧！
!
!
!
AYOUT
DESIGN

唉……想不到好點子……

先去洗澡好了……
你無法轉變天氣，
但你能轉變心情。

一人演唱會盛大開演！

生活是一面鏡子，你笑它就笑。

啊！我想到好點子啦！
洗澡時，
人人都是阿基米德。

呼～～洗了舒服的澡也想到了新點子，我超棒！

幕間小知識

築巢

愛情鸚鵡在發情時，會把可以築巢的材料咬成條狀，插在尾上覆羽底下，這樣就能方便移動飛行囉！

幕間小知識

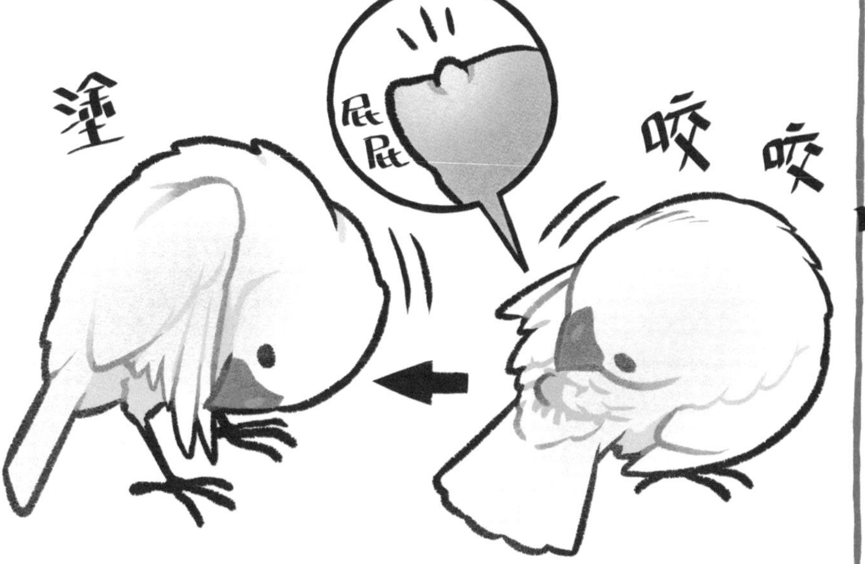

尾脂腺

鳥類的屁股上有個會分泌天然護毛油的器官，叫做「尾脂腺」。鳥在整理羽毛時，會順口從尾脂腺咬一點油塗在羽毛上，塗過護毛油的羽毛就有基礎防水的效果囉！(當然水勢太強的話，還是會被淋成落湯雞啦。)

夜深人靜
我加入無人之境

經過一整天的玩耍，可卡、芒果和麻糬已經累到睡著了。如果說早餐後的閱讀時間是可卡最喜歡的時光，那睡前的閱讀時刻則是雅婷的最愛。這個時間不只可以沉澱心情，繼續追還沒看完的劇，轉頭還能欣賞可卡他們熟睡的萌樣。

偌大的雙人床只有雅婷一個人，深沉夜色中，有時寂寞感會衝上心頭。看著身旁熟睡的小鳥精們，雅婷小心翼翼的將可卡、芒果、麻糬捧起來，放回他們的窩。

「謝謝你們一直都在，無論是哪種形式的陪伴。」

「晚安小可愛們～～」

空缺的位置，
只等待對的那個人。

讚 留言 分享
Couch Potato
2小時
你這小壞蛋♥
Veg Out和其他215人
貼文串 探索
甜心泡泡
珍惜跟你在一起的每一天
顯示更多
INSTAROOM
takoyaki
1.2萬 個讚
查看全部 569 則留言
今天心情真是差到不行QQ
1天前

……來追劇吧。
習慣晚睡，是為了等一個
會勸我早睡並道聲晚安的人。

啊！居然斷在最精彩的地方！

?!
再……再看一集就好……
明天起，
一定不熬夜追劇！

謝謝你們一直都在，
無論是哪種形式的陪伴。

晚安，
小可愛們。

隨意鳥日子

作者／BIRD ERA 鳥時代

主編／林孜懃
封面設計／謝佳穎
內頁設計排版／陳春惠
行銷企劃／舒意雯
出版一部總編輯暨總監／王明雪

發行人／王榮文
出版發行／遠流出版事業股份有限公司
地址／104005 台北市中山北路一段11號13樓
電話／（02）2571-0297 傳真／（02）2571-0197 郵撥／0189456-1
著作權顧問／蕭雄淋律師
□2021年05月01日 初版一刷

定價／新台幣320元（缺頁或破損的書，請寄回更換）

ISBN 978-957-32-9083-4
YL 遠流博識網 http://www.ylib.com E-mail: ylib@ylib.com
遠流粉絲團 https://www.facebook.com/ylibfans

國家圖書館出版品預行編目 (CIP) 資料

隨意鳥日子/BIRD ERA鳥時代著. -- 初版. -- 臺北市：
遠流出版事業股份有限公司, 2021.05
面； 公分

ISBN 978-957-32-9083-4(平裝)

863.55 110005352